Martina Gemmar

Das Ungeheure
von Loch Ness

Gewidmet
allen
Flaschenpost-,
Postkarten-
und Oma-
Freunden!

Illustrationen
von Armin Hott,
Atelier in 76870 Kandel
www.armin-hott.de

Idee & Gesamtkonzeption:
Martina Gemmar

Impressum

Satz, Layout und Texte
Copyright © 2012, Martina Gemmar

Herstellung und Verlag:
Books on Demand GmbH, Norderstedt
ISBN 978-3-8448-3363-8

Vorwort

Ein Vorwort muss nun nicht zwingend gleichzeitig eine Vorwarnung sein. Auch dann nicht, wenn sich dem aufmerksamen Leser im Zuge des Spaziergangs zwischen den Zeilen das ein oder andere „Ungeheure" offenbaren könnte. Wenn Sie eins erblicken, begegnen Sie ihm aber bitte ohne Gew(a)ehr!

Die in diesem kleinen Lesebuch zusammengestellten Texte entstanden vorwiegend im Erlebnishorizont der letzten zwei Jahre. Auch ein paar Lieder befinden sich darunter- ebenso wie drei Stücke in pfälzischer Mundart.

Die Entscheidung, dieses erste Buchprojekt anzugehen, hatte sich zunehmend konkretisiert.

Allein anhand von Textbeispielen vermochte es Armin Hott schließlich, einige wunderbare Zeichnungen zu kreieren, so dass ich umso motivierter und mit großer Neugier auf das erste Exemplar in die Schlussgerade der Bearbeitung eingebogen bin.

Ich hoffe, das Resultat gefällt Ihnen, Rückmeldungen sind willkommen! Übrigens- persönliche Begegnungen mit Schottland, Loch Ness oder Nessie gab es meinerseits bisher leider nicht. Noch nicht. Wer weiß...

Allen LeserInnen schon jetzt herzlichen Dank für Ihr Interesse, Ihre Unterstützung durch eventuelles Weitersagen und viel Freude beim Schmökern!

Martina Gemmar, April 2012

Vorworte-Ergänzung
für Gedankenspieler und „Philosophen"...

Warum es hier das „Ungeheure" heißt?

Manchmal sind die Hürden bei der Vermittlung schwer definierbarer „Ungeheuerkontakte" noch ungeheurer als die Ungeheuer selbst... Es kommt privat wie politisch nicht selten vor, dass ein subjektives Ausmachen von Ungereimtheiten oder ein Bedrohtheitsempfinden einer gewissen Blockade durch das Umfeld gegenübersteht.

Da müssen Sie noch nicht einmal mit einem Fabelwesen wie „Nessie" aufwarten.

Ob es nun um vermutete Atomwaffen, verdeckte Terrorzellen oder als subtil empfundenes Mobbing geht, halten solche Situationen für alle Beteiligten enorme Fettnäpfchen bis zu existentiellen Belastungsprüfungen bereit. Bestehende Beziehungen werden im Labyrinth verschiedener Wahrnehmungen massiv auf die Probe gestellt und können sich komplett neu formieren.

Und das am Ende sogar, ohne dass Nessie Ihren großen Zeh auch nur im Ansatz berührt hätte. Der seidene Faden an dem dabei alles hängt, scheint fragil gewoben zu sein aus Kommunikationsstilen, Zuhören, Glaubwürdigkeit, Entlarvung von (Selbst-) Täuschungsmanövern, aus gesunder Skepsis, langem Atem, Humor und Selbstreflektion, aus Vertraulichkeit einerseits- aber auch aus Öffentlichkeit und entsprechenden Signalen zwischen konkreter Solidarität und „Flaschenpost-Solidarität" auf Distanz andererseits. In solchem Kontext sind die meisten der folgenden Texte entstanden.

Das Ungeheure
von Loch Ness

Im Boot auf Loch Ness
funkst du „SOS"-
und was soll dann schon sein?
Man winkt dir zurück,
man wünscht dir „viel Glück!".
Zuletzt bleibst du
allein.

(April 2011)

Fragezeichen

Herzlich willkommen in der kleinen, feinen Runde,
lehnt euch zurück und taucht mit ab ins Hier und Jetzt!
Wie geht es euch, aus welchem Grunde
seid ihr eher entspannt oder gehetzt?

Macht ihr im Leben alles in letzter Minute,
oder doch lieber stetig langsam Schritt für Schritt?
Folgt ihr einer festgelegten Route,
oder nehmt ihr auch mal Umwege mit?

Beginnt ihr jedes neue Jahr mit einem Vorsatz,
der sich nur selten über Wasser hält?
Habt ihr für fast versunkne Pläne einen Parkplatz
mit der Aufschrift „später vielleicht" bereitgestellt?

Seid ihr denn Opti-, Real- oder Pessimisten?
In welchen Farben malt ihr eure Welt?
Führt ihr kurvenreiche Glücksgefühlslisten,
um zu sehen, wie es euch, wo ihr seid, gefällt?

Wie geht ihr damit um, wenn euch mal Zweifel plagen,
schaut ihr dann einfach ins nächstbeste Horoskop?
Und wenn euch all die netten Zeilchen da nichts sagen,
sucht ihr dann den Mono- oder den Dialog?

A propos, seid ihr eigentlich grade allein da?
Oder trifft man euch mindestens im Duett?
Seid ihr mit Lebensabschnittspartner denn ein Traumpaar,
oder findet ihr es einzeln auch ganz nett?

Glaubt ihr an irgendwas wie Schicksal oder Zufall?
Wähnt ihr euch mit Übersinnlichem vernetzt?
Habt ihr beim Blick ins endlose Weltall schon mal
auf 'ne Sternschnuppe gesetzt?

Kommt ihr von all den Fragen
langsam schon ins Schwitzen?
Seid beruhigt, sie wurden lediglich gestellt,
um wie auf Stühlen kurz zu sitzen und zu sehen,
welche Aussicht man dabei erhält?

(Lied, 2008)

Naheliegend

Dem Schuster die Leisten,
dem Brüter das Nest.
Die Mehrheit den meisten,
die Welt den Verreisten
und Streetview dem Rest.

Der Gabel ein Messer,
den Stühlen ein Tisch.
Der Wirtin ein Esser,
dem Boot ein Gewässer,
dem Köder ein Fisch.

Dem Frosch wohl ein Tümpel,
dem Springer sein Schach.
Dem Messie Gerümpel,
dem Club seine Wimpel,
dem Seufzer das „Ach".

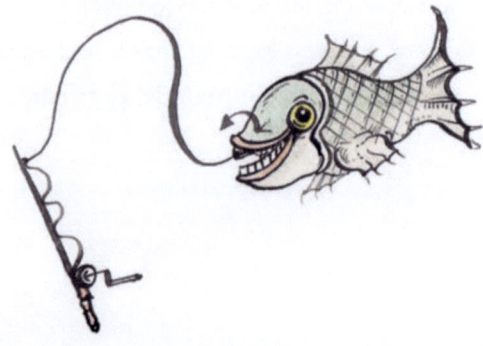

Der Brandung die Klippe,
den Wellen ihr Schaum.
Dem Spielplatz 'ne Wippe,
dem Fleisch das Gerippe,
dem Schläfer der Traum.

Der Stadt ihre Lichter,
der Turmuhr ein Schlag.
Dem Schrecken Gesichter,
dem Streit seine Schlichter,
dem Aufstehen ein Tag.

Dem Wandel 'ne Weiche,
den Schienen ein Zug.
Dem Hochwasser Deiche,
dem Schelm seine Streiche,
dem Selbst ein Betrug.

Dem Netzwerk ein Twitter,
dem Garten ein Zaun.
Dem Kreuzzug ein Ritter,
dem Kerker ein Gitter,
dem Schweigen das Schaun.

Dem Rapsfeld das Leuchten,
der Vase ein Strauß.
Ein Handtuch den Feuchten,
die Kur den Verseuchten,
dem Blick ein Voraus.

Dem Bogen ein Pfeilchen,
dem Schützen ein Ziel.
Dem Warten ein Weilchen,
der Sehnsucht ein Veilchen
und zwischen den Zeilchen
der Liebe ein Spiel.

Manchmal auch:
Und zwischen den Zeilchen der Liebe-
ein Spiel.

(Lied, Oktober 2010)

Mücke Maja
& der Messerwerfer

Stellen wir uns einen x-beliebigen Messerwerfer vor.
Zum üblichen Probetermin verharrt seine Assistentin lässig vor einer Holztafel- sie hat darin Routine- und der Herr Messerwerfer zeichnet ihre charakteristischen Umrisse jetzt durch dreißig exakt gesetzte Würfe nach.

Als diese Trainingseinheit vorbei ist, verlässt die Frau flugs ihre Messersilhouette. Sie hat noch anderes zu tun.
Shopping oder so.

Doch bevor sie verschwinden kann, verwandelt sie der Messerwerfer, der gerade in Stimmung dafür ist, in eine Mücke, in Mücke Maja.
Mücke Maja wiederum kommt jetzt ahnungslos angeflogen.
Sie landet auf der Holztafel, beginnt einen Rundgang und wundert sich über die ganzen Metallklingengebilde, die da so stecken und ihr den Weg versperren.

Wird Mücke Maja fähig sein zu erkennen, dass die ganzen Metallklingengebilde zusammengehörend eine Gestalt ergeben?

Wird sie bemerken, dass sie einen ganz bestimmten Frauenkörper nachbilden, der sogar mal etwas mit ihr zu tun hatte?

Hat Mücke Maja überhaupt Lust dazu, das herauszufinden? Gibt es bei ihr regelrecht eine Sehnsucht, ihre Geschichte zu entdecken?

Wird ihre Intuition angesichts der seltsamen Metallklingengebilde Alarm schlagen?

Ist das dann nützlich für ihr weiteres Leben als Mücke?

Oder denkt sie sich von Anfang an „was soll der Quatsch" und orientiert sich mückengemäß fortan lieber am Duft von Marmeladenbroten?

Wie irritierend könnte Mücke Majas Existenz außerdem werden, wenn eines Tages die fiese Monsterwespe auftaucht und versucht, ihr einzureden, sie sei in Wirklichkeit keine Mücke, sondern eine Biene.

Denn immerhin kenne man bisher nur Bienen, die Maja heißen, mit Verlaub…

Manchmal komme ich mir
vor wie Mücke Maja.
Manchmal kommen mir
auch die anderen vor
wie Mücke Maja.
Und manchmal denke ich:
Messerwerfen gehört
verboten!

(2011)

Keine Ahnung

Was die
S c h u l h o f p l a t a n e n
wohl so alles
ahnen?

Namen

Man sagt oft,
Namen seien nichts
als Schall und Rauch.
So qualmt's und schallt's
aus Telefonbüchern,
aus Klingelschildern auch.
Er steht für dich und was du bist,
dein Schein, dein Sein,
dein ganzes Ich.
Und man b e n e n n t dich,
ob man dich kennt oder nicht!
Und du trägst ihn,
jedoch am Ende,
unterm Strich,
trägt er
dich!

Manchmal
weiß ich nicht, wohin

Unterwegs an neuen Ufern,
wieder mal auf festem Grund.
Schau' mich um
und finde allerhand zu tun.
Und der Weg, der hinter mir liegt,
der macht sicherlich auch Sinn.
Nur manchmal
weiß ich nicht,
wohin.

Hatte selten große Ziele,
schaute nie nur gradeaus,
weil sich eh
alles verändert und vergeht.
Grade dann,
wenn ich ins Rudern kam,
begriff ich, was ich bin,
nur manchmal
weiß ich nicht,
wohin.

Dann und wann denk' ich,
ich sollte mal endlich
ankern in einem Revier.
Aber dann hör' ich
das Rauschen der Brandung.
Wer weiß, vielleicht ruft sie nach mir.

Und so geh' ich hin und wieder
Richtung Hafen, und ich schau'
nach den Zeichen und versuch'
sie zu verstehen.

Wenn ich wirklich
nochmal weg muss,
hoff' ich,
dass ich wieder
neues Land gewinn.
Nur manchmal
weiß ich nicht,
wohin!

(Auf die Melodie von „Still crazy after all
these years“, Paul Simon)

Schlaflos

Kein Ticken der Uhr,
kein Nachbar, der stur
sein Zimmer mit Schnarchen zersägt.
Kein Zwerchfell, das lacht,
keine Ehe, die kracht,
keine Stunde,
die grade jetzt schlägt.

Kein Klatschen von Händen,
kein Krächzen von Wänden,
kein Abschiedsgeplänkel am Tor.
´s ist leise und sacht,
was mich wahnsinnig macht:
Das Pochen des Blutes im Ohr.

Kein Kühlschrank, der brummt,
keine Mücke, die summt,
kein Foliengeknister im Müll,
kein Regen der klopft,
kein Hahn, der noch tropft,
kein dumpfes
Blitz-Donner-Gebrüll.

Kein stürmisches Dröhnen,
kein lustiges Stöhnen,
kein zischender Pfeil von Amor.
´s ist leise und sacht,
was mich wahnsinnig macht:
Das Pochen des Blutes im Ohr.

Kein Gras, das noch wächst,
kein sprechender Text,
kein Hund, der nach irgendwem bellt.
Kein Spatz, der vom Dach
es pfeift in der Nacht.
Kein Groschen,
der endlich mal fällt.

Kein Witzchen von gestern,
kein hämisches Lästern,
kein Wort, das mal jemand verlor.
´s ist leise und sacht,
was mich wahnsinnig macht -
das Pochen des Blutes im Ohr.

Vorhangfalten

Ich würd' so gerne mir
den Schein erhalten,
und durch das Fenster
kommt noch Licht.
Doch lauern
Schatten
in den
Vorhang-
f a l t e n.
Und deshalb
bleibe ich hier nicht.

Schattenspiel

Ich kenn' da ein Ehepaar,
beide finden gern ein Haar
in den Süppchen,
die sie sich servier'n.
Scheint das auch sehr oft skurril,
ist es doch genau das Spiel,
bei dem sie am besten harmonier'n.

Nein, und sie halten sich
fast nie an ihren Händen,
drehen sie abends
ihre Runden um das Haus.
Jedoch die Schatten
an den hohen weißen Wänden
sehen wie zwei Verliebte aus.

Das ist der Schatten
kleine List,
sie stell'n in Frage,
was du siehst,
und was da
wirklich ist.
Weil man das
Unscheinbare
allzugern vergisst.

Das ist der Schatten
kleine List!

Frei

Einfach weg, ohne Plan,
kannst dir alle Reden spar'n.
Viel zu lang einem Drang
nicht vertraut.
Kein Zurück, nur noch Wut
auf den eig'nen Selbstbetrug.
Unter Zwang sich die Sicht
fast verbaut.
Auf einmal zerreißt der Faden
dieser lähmenden Geduld.
Los auf
selbstgetret'nen Pfaden:
So frei.

Schwache Wurzeln gekappt,
ein Kapitel zugeklappt
und das Buch mit
zehn Siegeln versehen.
Eig'ne Worte kreiert,
wo das Echo sich verliert
und die kreisenden Fragen
vergehen.

Andre Saiten aufgezogen,
neue Töne fabriziert,
mit 'nem Schlag und
ohne Bogen:
So frei.

Alle Angst ist verraucht,
Energie noch nicht verbraucht,
jede Spur unterwegs weggeweht.
Horizont angepeilt,
weil der Fahrtwind Wunden heilt
und den Kopf mit Erträumtem
verdreht.

Frisch bewegt in allen Gliedern
und der Neugebornenschrei
eingewebt in
leisen Liedern:
So frei.

(Lied, 2004)

Leichen im Keller

Die Wolken ziehen schnell,
und im gesträubten Katzenfell
zeigt sich die böse Ahnung
von dem, was da
noch kommt.
Im Horoskop hieß es
schon prompt:
„Etwas stört
Ihre Planung!"

Ich hätte nie gedacht,
dass einen das so unruhig macht -
nichts weiter als Gespinste.
Doch, wenn du in dich gehst
und vor deinem Gewissen stehst -
irgend `nen Abgrund
findste!

Leichen im Keller,
mach sie platt und hau sie raus,
sonst holen sie dich
doch noch ein -
und machen dir dann den
Garaus!

sitzen, liegen, stehen- Einstand!
oder: Warum Deutsch so „Deutsch" klingt

Sehr geehrte Damen und Herren,

der Einstand des Vorstandes ist der Gegenstand der heute angesetzten Sitzung.

Der zukünftige Präsident wird hiermit in die Lage versetzt, die Gemeinschaft mit viel Verstand, Anstand und ohne jeden aufgesetzten Aufstand zu leiten und die bisherige Arbeit ohne Stillstand erfolgreich fortzusetzen.

Dieser Umstand stellt für die nächsten Jahre einen wunderbaren Zustand in Aussicht.

Sollten irgendwelche Umstände zu Beanstandungen führen, oder dem engagierten Einsatz des Vorsitzenden eigene Aussetzer zusetzen, versichern alle besetzten Beisitzer dem Vorstand ihren zuverlässigen Beistand und bei äußerst widrigen Missständen einen wasserdichten Unterstand sowie rutschfeste Unterlagen.

Für den Fall unausstehlicher Ausrutscher ist für ein Aussitzen oder ein Absetzen ins Ausland ein entsprechender Bestand an Zulagen zurückzulegen und geständnisunabhängig zuzugestehen.

Ohne Ihnen zusetzen zu wollen, war es mir ein Anliegen, diese Einlage als kleine Beilage für diesen Einstand aufzusetzen, Ihnen vorzustellen- und immerhin- Sie haben es gleich über- und hoffentlich auch v e r standen.

Vielen Dank vorab für Ihr Verständnis, wenn ich Ihrem Verlag nun nahelege, den vorliegenden Text zu erstehen und dann ohne jede Verlegenheit in kleiner Auflage zu verlegen- und zu versetzen.

Allen Anwesenden und dem Einstehenden eine gute Zeit, für die Sie auch Jahre nach dem Ausstand mit etwas Abstand noch im Ruhestand und bereits im Besitz von zusätzlichem Zahnersatz einstehen können.

Ob Sie alle in näherer Zukunft sitzen, stehen oder liegen- entsetzen Sie sich nun nicht über das Kleinstehende in der Anlage, sondern bedienen Sie sich bitte- bevor sie abgestanden schmeckt- an der reichlich belegten Auslage!

Schließlich ist alles eine Frage der richtigen Einstellung!

Noch einen schönen Abend!

(für ursprünglich geplantes Programm
zum Ehrenamt, überarbeitet im Februar 2012)

Das Bild von dir

Ich weiß nicht, wann ich es
zum ersten Mal gesehn hab.
Es schlich sich ein,
und plötzlich war es einfach da.
So wie 'n Lied, das ihr zuvor
noch nie gehört habt,
auf einmal Ohrwurm wird-
ganz einprägsam und klar.

Und mit der Zeit hat es sich
immer mehr verdichtet.
Und jedes neue Puzzleteilchen
saß perfekt.
Nur ein paar kleine Stellen
blieben unbeschichtet,
doch die hat meine Fantasie
schon längst bedeckt.

Ja, und jetzt hängt es in meinem
Gedankenzimmer und zwar so,
dass ich es immer
noch sogar im Rücken spür'.
Das Bild von dir.

Ich kann nicht sagen,
dass ich es besonders schön find'.
Nur, dass es mir
ganz außerordentlich gefällt.
Obwohl so manche Details ziemlich
kompliziert sind
und es sich häufig
unberechenbar verhält.

Einmal, da dacht' ich,
vielleicht will es mir was zeigen.
Vielleicht den Weg zu dir,
dem lebenden Modell?
Bei dem Gedanken hing
der Himmel voller Geigen,
doch so 'n Himmel
ändert sich bekanntlich schnell.

Nachdem du mich dann
eines anderen belehrt hast
und zu Nüchternheit bekehrt hast,
stellte ich es vor die Tür.
Das Bild von dir.

Wenn schon leise, dann laut!

Das Lied geht weiter
und ihr könnt es euch schon denken.
Nach ein paar Wochen
hing es wieder an der Wand.
Und der Versuch, keine Beachtung
ihm zu schenken,
hat mich noch mehr
in seine Gegenwart gebannt.

So ging es lang,
doch letztlich hab ich mich entschieden:
Ich wehr' mich nicht
und lass ihm einfach sein Quartier.
Und seitdem leben wir
harmonisch und in Frieden,
ohne dass ich
über die Gründe spekulier'.

Und manchmal lächelt es,
als hätt' es ein Geheimnis-
und ich weiß, es ist auch meines,
denn es ist ein Teil von mir.
Das Bild von dir.

Trittbrettfahrer

Sie sind die
Trittbrettfahrer
deiner Sehnsucht.
Und sie halten sich
mit Skrupeln
nicht auf.

Sie sind die
Trittbrettfahrer
deiner Sehnsucht.

Und sie nehmen
dein Vertrau'n
in Kauf.

(2011)

Auf Grund

Manch Auflaufmodell
ist ein Auslaufmodell.

(02.01.2012)

Evakuiert

Schon lange zieh'n sich Risse durch die Wände,
schon lang verharmlost man ganz vehement
die oft erzählte Gebäudelegende
vom wasserunterspülten Fundament.

Nur irgendwas kam plötzlich grad' ins Wanken,
wahrscheinlich eine Selbstgefälligkeit,
denn nun macht man sich ernsthafte Gedanken
über unser aller Sicherheit.

Mama, pack das Radio ein,
wir werden evakuiert.
Stell's mal richtig laut, damit wir hör'n,
was mit uns vielleicht noch passiert.

Von drüben starr'n vier Kameras herüber,
Hr. Schmitt vermietet tüchtig den Balkon
an zwei Sender, ja drei wär'n ihm noch lieber.
Da hätt' dann schließlich jeder was davon.

Die Zeitung schreibt, dass alle sich bemühen,
um uns in uns'rer Lage beizustehen.
Der Krisenstab wird Konsequenzen ziehen.
Warum erst jetzt, wo man uns zwingt zu gehen?

Jetzt plötzlich soll'n wir alles hier verlassen.
In 48 Stunden, und dann schnell
mit Goldfisch, Bücherschrank
und Lieblingstassen
zu Freunden oder zahlen für's Hotel.

Wer wachte plötzlich auf wie aus'm Koma?
Wer hat uns diesen Stress hier jetzt beschert?
Was nehm ich mit
und warum hab' ich Oma
bei ihrem Kriegsreport
nie richtig zugehört?

Mama, pack das Radio ein,
wir werden evakuiert.
Stell's mal richtig laut,
damit wir hören,
was mit uns passiert!

Mama, pack das Radio ein,
wir werden evakuiert.
Stell's mal richtig laut,
damit wir hör'n,
ob doch noch jemand
dementiert.

(September 2009)

„Wie dein Lachen"
...war mal

Wenn du so bist
wie deine
Homepage,
dann kann ich dich wohl
sehr wahrscheinlich
nicht leiden.

Wenn du so bist
wie deine
Homepage,
will ich den
Analogkontakt
zu dir meiden.

(1976 erschien Ina Deters
„Wenn du so bist wie dein Lachen")

BeerdigungsBlogs I

Haben Sie schon einmal über Ihre Beerdigung nachgedacht? Nicht? Haben Sie sich noch nie Gedanken darüber gemacht, wer bei Ihrer Beerdigung wohl w a s über Sie erzählen wird?

Der allgemeine Leichenschmaus-Small-Talk ist etwas anderes. Es geht um die so genannte „Trauerrede".

Viele werden sagen, dass es ihnen wurscht ist, was da geredet wird. Es erreicht sie ja dann nicht mehr.

Klar, verständlich, das kann man so sehen. Und ohnehin will sich doch niemand mitten im Leben mit so etwas Abwegigem wie dem eigenen Ableben befassen.

Läuft man nicht vielleicht sogar Gefahr, das konkrete Leben um einen herum aus den Augen zu verlieren, wenn man sich zu ausgiebig mit dessen Ende auseinandersetzt?

Der eigene Tod als die „Taube auf dem Dach"- das Leben als „der Spatz in der Hand"? Andererseits- immerhin hätte man das beruhigende Gefühl, wenigstens bei einem Teil des letzten Ehrentages mitreden zu können, mitbestimmen zu können, was passiert.

Alle möglichen Events werden heute ausgiebig geplant, manche finden dann nicht einmal statt. Wieso dann keine Planungsenergie in ein „Event" stecken, das dahingegen mit Sicherheit einmal stattfinden wird und allein deshalb schon „naheliegt"?

Ich bin durch ein Marketingseminar auf diese Idee gekommen. Es hieß „Zielgruppenorientierung beim Verfassen von Texten". Der Dozent gab uns am Ende die Aufgabe, eine Beerdigungsrede zu schreiben für die eigene Beerdigung, also eine Trauerrede für die potentiell anwesenden Angehörigen und Freunde. Gerade wegen seiner unkonventionellen Methoden hatten alle Teilnehmer nicht wenig für das Seminar bezahlt, infolgedessen beschwerte sich auch niemand ob dieser unerwarteten und doch leicht gewöhnungsbedürftigen Aufgabenstellung. Durch das Nachdenken über die Zuhörer, die Zielgruppe, sollte eine gelungene Rede erarbeitet werden.

Dazu gehörten Fragen wie: Werden vielleicht sogar noch Elternteile darunter sein? Tanten, Onkels?

Welche Bemerkungen lässt man in diesem Fall vielleicht besser weg? Ist Humor angebracht?

Wie steht man denn aktuell zu ihnen?

Sehr schwer ist es, beim Verfassen solch einer Rede die nötige Pietät und den Respekt vor der Trauer der eigenen Angehörigen zu bewahren. Es geht nun wirklich nicht, scheinbar aufmunternde Witze zu reißen, wo Familie und Freunde vielleicht in einer muffigen Leichenhalle sitzen, gebeutelt vom Verlust- und sich die Augen ausweinen.

Hier ist Feingefühl gefragt, Einfühlungsvermögen, ein Antizipieren der Situation.

Das Interessante an dieser Schreibübung war Folgendes:

Alle Seminarteilnehmer sind bei ihren Ansätzen und Experimenten für solch eine Rede zu einem ähnlichen Ergebnis gekommen.

Zufrieden damit war jeder erst, als er inhaltlich den Kontext der Trauerfeier komplett ausgeblendet hatte.

Als er jede Anrede- und Anspracheform, also so etwas wie „Liebe Trauergemeinde", einfach wegließ, als aus der ganzen Rede plötzlich nur ein Text geworden war, einfach ein Text.

Noch nicht einmal unbedingt mit dem Schreiber als Hauptperson. Manchmal mehr eine Geschichte, manchmal auch ein Gedicht.

Der Dozent hatte uns damit zur Erkenntnis führen wollen, dass es nicht immer einer Ansprache, einem festen Anrede-Rahmen bedarf, um sein Publikum zu erreichen.

Dass auf Floskeln oder Formen, die nur scheinbar Nähe herstellen, sogar verzichtet werden sollte.

Dass der Text den Zuhörer vielleicht am ehesten erreicht, wenn der Schreiber inhaltlich direkt in ein „medias res" geht. Einen Inhalt wählt, der dem eigenen „Boden", der eigenen Substanz und Lebenssituation entspricht.

Ähnlich wie bei Konzert-Ansagen, bei denen das wörtliche „Nächste" besser weggelassen werden sollte zugunsten einer anderen, inhaltlichen Vorbereitung auf das folgende Stück.

Was bin ich?

Ich bin dir nicht immer geheuer,
bin dir oft Abenteuer,
Risiko.
Denn manchmal
mach' ich alles stumm,
doch and're Male läufst du rum
und machst auf Small-Talk
oder gehst auf's Klo.

Ich bin, wonach du dich oft sehnst,
doch, wenn du mich zu sehr ausdehnst,
werd' ich dir fad.
Mein Potential und meine Tücken
liegen beide in den Lücken,
die ich bring',
das ist so meine Art.

Die Zigarettenindustrie-
ohne mich, da wäre sie
ganz aufgeschmissen
und nahe dem Ruin.

Mal ganz zu schweigen
von Gedrucktem
und Gekautem
und Geschlucktem
und dem Siegeszug
des Koffein.

Du brauchst mich täglich
ein paar Mal,
sonst wird dein Alltag
dir zur Qual.
Für manche ist
mich einzuhalten
sogar Pflicht!

Und flüst're ich dir
insgeheim,
dass ich mich auch
auf „Brause" reim',
sprudelt aus dir
in meinem Schoß
flugs ein Gedicht.

BeerdigungsBlogs II

Ich ließ mich jedenfalls nachhaltig fürs Beerdigungs-
redenschreiben begeistern, und seit der ersten mit Anfang
dreißig sind viele weitere entstanden und- werden immer
neu aktualisiert. Zusammen mit der Überlegung, wen ich
mir denn als Vortragenden wünsche. Bisher habe ich
meinen Lieblingsneffen Torsten beim Notar als Redner
benannt, ersatzweise seinen Bruder Max.

Durch diese Schreibseminarerfahrung ergibt sich eine
weitere Überlegung. Die wiederum vom Fadenende in die
Mitte unseres Roten Fadens führt.

Wenn man sich im Bezug auf die Beerdigungsrede am
wohlsten fühlt mit einem Text, der vollkommen
unabhängig von der Trauerfeier steht- und wenn man das
Gefühl hat, seinen Lieben mit diesem Text etwas
vermitteln zu können- jenseits · von alltäglichen
Gesprächen- warum in aller Welt sollte man dann
eigentlich mit dem Vortragen dieses Textes bis zu der
eigenen Beerdigung warten?

Gar nicht zu sprechen von der Gefahr, dass einige
potentielle Zuhörer bis dahin abhanden kommen könnten.

Vielleicht werden sie unerwartet abberufen.
Wenn Pfortenwächter Petrus launisch sein
„Der Nächste bitte" ausspricht.

Stattdessen könnte man die Beerdigungsredetexte doch genauso gut zeitnah veröffentlichen.

Und was eignet sich heutzutage dafür besser, als zum Beispiel ein Internetblog.

Für interessierte Freunde, Verwandte und Bekannte.

Insgeheim könnte man sich als Verfasser daran freuen, dass keiner ahnt, welchen Hintergrund und Ursprung die Texte eigentlich haben.

Was Internetblogs allgemein wiederum in einem ganz anderen Licht erscheinen lässt. Denn wenn es hier erlaubt sein sollte, von sich auf andere zu schließen:

Vielleicht sind ja noch mehr Internetblogs eigentlich nur verkappte Beerdigungsredetexte.

Je mehr man darüber nachdenkt, desto näher liegt diese Vermutung, und es wäre wirklich nicht verwunderlich.

Auch Sie würden natürlich auf der Stelle gern damit anfangen.

Nun, als neugeborener Blogger müssten Sie sich ein Blogger-Pseudonym wählen, etwas, das auf den Ursprung der Texte hinweist, aber auch nicht zu viel verrät.

Zum Beispiel WEIDENWIND_24. WEIDENWIND_1 bis _23 gäbe es ja aller Wahrscheinlichkeit nach schon.

Natürlich würden Sie nun auch andere Blogs mit ganz anderen Augen lesen.

Stellen Sie sich vor, Sie lesen, dass Kollege WEIDENWIND_13 eines Tages seltsam melancholisch über geplatzte Mülltüten philosophiert.

Und dass Sie dann den eigenen Hausmeister, Herrn Brecheisen, verdächtigen, sich hinter diesem Pseudonym zu verbergen. Denn der hat letzte Woche ebenfalls über geplatzte Mülltüten geschimpft. Es wäre also nicht allzu abwegig anzunehmen, dass er es ist.

Der Hausmeister als „Blog-Wart" „WEIDENWIND_13".

So hätten alle Ihre Gedankenspiele plötzlich bald wiederum ganz konkrete Auswirkungen auf Ihren analogen Lebensalltag.

Nämlich spätestens, wenn Sie sich kurz darauf dabei ertappen, wie Sie beim Mülltrennen und Tütenbefüllen mit einer überraschenden Hingabe agieren. Mit einer der Gegenwart ergebenen Sorgfalt und Ruhe, die Sie bisher gar nicht an sich kannten.

Sie würden- und das der Gipfel von allem- diese Mülltüten auch noch rechtzeitig rausstellen.

Und gerade Letzteres wäre ein entscheidender Hinweis.

Ein entscheidender Hinweis auf eine gute Nachbarschaft.

Auch auf eine gute Nachbarschaft, was Beerdigungsreden, Internetblogs und den analogen Alltag, was Zielgruppenseminare und Rote Fäden betrifft.

In diesem Sinne: Der Nächste, bitte!

(aus dem Essayversuch „Der/die/das Nächste, bitte",
eingereicht beim BR im Juni 2010)

Die Beer isch gscheelt

Känn Blick zu lang,
kää Wort zu viel
unn innedrin
lengscht im Exil.
Zu spät gemerkt,
dass ebbes fehlt.
Jetzt isch's vorbei.
Die Beer isch gscheelt.

Zu lang gewaat,
unn nur gezielt
unn mit zu viel
Gedanke gspielt,
jetzt henn
die annere gewählt,
es isch vorbei.
Die Beer isch gescheelt.

Es geht alles viel zu schnell,
es geht alles viel zu schnell,
stehsch wie ä Reh uff de Strooß
unn pletzlich blend dich was grell.

Es geht alles viel zu schnell,
es geht alles viel zu schnell,
in däm Moment, wu's so blend,
hat der Glück,
wu noch ä Chance erkennt
unn rennt.

Zu oft nur gstutzt
unn doch nix gsaacht.
Unn dei Kritik
zu oft verdaacht,
ä weng zu lang
uff drei gezählt,
es isch vorbei-
die Beer isch gscheelt.

Es geht alles viel zu schnell,
es geht alles viel zu schnell,
stehsch wie ä Reh uff de Strooß
unn pletzlich blend dich was grell.
Es geht alles viel zu schnell,
es geht alles viel zu schnell,
in däm Moment, wu's so blend,
hat der Glück,
wu noch ä Chance erkennt
unn rennt.

(Lied, Pfälzisch)

Mata Hari

Als Mata Hari bei einer gähnend langweiligen Observation wieder einmal von einem ihrer männlichen Kollegen aufgezogen wurde, weil sie das Schachspiel nur mäßig beherrschte, sagte sie gewohnt beiläufig:

„Im Umgang mit Frauen
mag eine Schachtaktik notwendig sein.
Im Umgang mit euch Männern dagegen
genügt ein wenig ehrlich verirrte Liebe.
Für den Rest ist 'Vier Gewinnt'
vollkommen ausreichend.“

Ach, da meldet ein Schlaumeierchen Zweifel an, was dieses Zitat betrifft? Soso, zu Mata Haris Zeiten gab es noch gar kein „Vier Gewinnt“?
Na, das passt umso mehr wieder zu ihr, dieser Schlingelin.
Für ihre Flunkereien und das Erfinden von Geschichten war sie nämlich schon zu Lebzeiten bekannt.
Das Zitat kann also nur von ihr sein.

(Sommer 2010)

Schachmatt

Gib acht auf jene,
die auf deiner Seite stehen,
wenn sie dich nur
als Spielfigur
auf ihrem
Schachbrett
sehn.

(Sommer 2010)

Spielchen oder
Das Jahr mit Bernd

Das mit dem Rüdiger war sehr romantisch,
das mit dem Harald war eher spontan,
boah, und was war dieser Stefan pedantisch,
der brauchte für jeden Kleinmist 'nen Plan!

Das mit dem Mark, das war mehr so platonisch,
dafür fiel mir dann der Abschied nicht schwer.
Das mit dem Klaus, das war mehr so ironisch,
nur merkte ich das dann erst hinterher.

Ja, und dann war da noch
das Jahr mit Bernd,
da hab'n wir beide
sehr viel draus gelernt.

Das mit dem Konrad, das war was ganz Kesses,
das mit dem Axel, das war ziemlich lau.
Seit dem mit Christian weiß ich was Stress ist,
den hatte er dann auch mit seiner Frau.

Das mit dem Tom, das war mal was ganz Neues,
der hatte so 'nen süß-schüchternen Charme-
das mit dem Dominik war was ganz Treues,
bis dann doch Dieter noch dazwischen kam.

Ja, und dann war da noch
das Jahr mit Bernd,
da hab'n wir beide
sehr viel draus gelernt.

Was- und jetzt denkst du, ich hätt' übertrieben?
Auf jeden Fall- eines flüst're ich dir:
Ich habe keinen Bedarf mehr zu üben,
spiel keine Spielchen, kein Spielchen mit mir!
Spiel keine Spielchen, spiel keine Spielchen,
spiel keine Spielchen, kein Spielchen mit mir!

(2011)

Apfelsolo

„Es hilft nichts, wir müssen schaun, dass die Nachbarn 'nen Pflaumen- oder 'nen Birnbaum anschaffen."

„Kapier' ich jetzt nicht."

„Na, der Typ im Gartencenter sagt, wenn er nicht blüht, kann das daran liegen, dass er keine Genossen in der näheren Umgebung hat."

„Wieso das denn?"

„Na, wahrscheinlich kommen die Bienen erst, wenn sie gleich 'n paar Bäume zum Anfliegen haben. Wegen eines einzigen Apfelbaums macht sich so eine Biene nicht auf den Weg."

„Moment mal, die Bienen kommen doch eh erst, wenn er überhaupt mal blüht. Aber er blüht doch schon gar nicht. Was soll das mit anderen Bäumen zu tun haben?"

„Stimmt- aber vielleicht braucht er dann die Konkurrenz anderer Obstbäume, als Antrieb zur Blütenproduktion sozusagen."

„Wenn es ein männlicher Apfelbaum ist, kannst du Recht haben!"

„Kann nicht sein, Apfelbäume sind Zwitter! Wer weiß- vielleicht reicht es ihm einfach aus, jedes Jahr genau e i n e n Apfel zu produzieren…"

„… und d e n exakt in d e m Moment fallen zu lassen, in dem ich drunter liege. Das ist jetzt schon das zweite Jahr so passiert. Ein regelrechter Anschlag war das.

Da hängt der einzige Apfel des Jahres an diesem Baum, ich lege mich in einer der wenigen Auszeiten drunter- und schwups, spüre ich einen Luftzug an meiner Schläfe und das Ding bollert neben mir auf den Rasen.

Ich sag dir `was: Dieser Apfelbaum ist einfach nur heimtückisch! Kein Wunder, dass der nicht blüht; der konzentriert seine ganze Energie darauf, einen einzigen Apfel zu kreieren und mir den dann mit exaktem Timing an einem schönen Spätsommertag knapp am Kopf vorbei zu ballern. Und irgendwann trifft er wahrscheinlich auch."

„Hast du ihn irgendwann mal beleidigt?"

„Nein, habe ich nicht! Aber vielleicht hast du dich ja mit ihm abgesprochen!"

„Quatsch!"

„Weißt du, woran Gisela schließlich merkte, dass ihr Freund sie wieder loswerden wollte?"

„Hat er mit Äpfeln geworfen?"

„Nein, er fing plötzlich damit an, sich zufällig immer genau dann im Bad die Haare zu trocknen und den Föhn anzuschalten, mit demonstrativ unschuldigem Blick, wenn sie dabei war, in die Dusche oder in die Wanne zu steigen. Und hätte sie sich irgendwelche Anzeichen von Nervosität anmerken lassen, wäre er noch herumgelaufen und hätte sie als hysterisch diffamiert. Aber solche subtilen Metho-den wären dir natürlich schon zu direkt! Du toppst diese Raffinesse noch und verschwörst dich heimlich mit 'nem Apfelbaum. Damit man dir ja nichts nachweisen kann!"

„Ja, im Spurenverwischen war ich immer ganz gut, geb' ich zu. Und die Idee ist gar nicht so schlecht!

Ich werd's mir überlegen, wenn du mir mal wieder schräg kommst...

Also hör mal, das, was deiner Freundin passiert ist, passiert zum Glück doch eher selten.

Und bei uns ist das ja wohl etwas anderes."

„Soso, dann bist du also kein Beziehungstrickser?

Hm, das will ich doch auch schwer hoffen."

„Weißt du, was ich glaube? Er weiß einfach gar nicht, was er ist. Er hat 'ne Identitätskrise!"

„Wer?"

„Der Apfelbaum natürlich! Ich habe grade stundenlang am Computer gesessen. Der hat auch 'ne Grafikkarte, die er nicht erkennt- deshalb weiß er nicht, welchen Treiber er suchen muss, damit die Karte funktioniert."

„Themawechsel, verstehe! Aber okay! Es könnte sein. Dem Apfelbaum fehlt also der Treiber. Immerhin haben wir ihm sein Schild weggenommen, wo die Sorte draufsteht. Wie soll der arme Kerl da wissen, was er zu tun hat?"

„Genau! Ich fahre morgen in den Gartencenter und hol' ihm ein neues Schild."

„Okay, und im Baumarkt nebenan nimmst du mir bitte einen Helm mit- du weißt schon, diese Spezial-Apfelbaumhelme- nur für den Fall…"

„In Ordnung!"

Gemein

Und wenn du gemein
zu mir bist,
dann sing ich 'n Lied
über dich,
drum nimm dich
besser mal
in acht!

Sonst wirst du im
Vier vier tel takt

zur Schnecke
gemacht,

um die Ecke
gebracht,

geteert,
gefedert und

a u s g e l a c h t !

Und wenn du sehr gemein zu mir bist,
dann sprech ich 'nen Fluch über dich,
oder ich werf 'n Tuch über dich,
oder ich schreib 'n Buch über dich!

Fingerschnippen

Wenn sich die Masse an
Ignoranz und Arroganz der Menschen
durch ein Fingerschnippen
in tatsächliche Kilos
umwandeln ließe,
wären sehr plötzlich
sehr beträchtliche
Erdlöcher
zu beklagen.
Aber wer könnte es jemals wagen,
sich zu solch einem Fingerschnippen
berufen zu fühlen?

(Sommer 2010)

Einsicht

Das Leben
ist zu kurz,
um sich am eigenen
Bockmist
festzuklammern.

Brieftauben auf der Autobahn

Nein, das ist kein neuer Bandname.

Nur mein beeindruckendes heutiges Erlebnis.

Da fahre ich gedankenverloren auf der Autobahn von Karlsruhe Richtung Stuttgart und überhole einen kleinen LKW mit der Aufschrift:

„Stuttgarter Brieftauben- Wir wünschen eine gute Reise".

Wie- Stuttgarter Brieftauben? Auf der Autobahn?

Na, die machen es sich heutzutage auch leicht, die Brieftauben, denk ich mir da so.

Unauffällig breche ich den Überholvorgang ab und lasse mich zurückfallen- fest entschlossen, diesen Tauben mal zu folgen.

Ich mein, es sind ja keine Tauben auf'm Dach, sondern auf der A8, da kann man ja mal folgen.

Irgendwann an der Raststätte Sindelfinger Wald fährt der kleine LKW dann raus. Ich natürlich auch.

Und ich seh, wie ca. 30 Tauben aussteigen, zur Raststätte trippeln und sich drinnen um einen Tisch versammeln.

Als ich selbst reinkomme- höchst unauffällig natürlich wieder- sind sie gerade am Cappuchino-Trinken.

Dabei sehen sie so weltoffen und gemütlich aus, dass ich mich einfach dazusetze und sie geradeheraus mutig frage, was es denn mit ihrer Fahrt so auf sich hat- und wieso sie nicht auf'm Luftweg unterwegs sind.

„Mensch, Martina- jetzt komm aber- ist doch wohl klar, nix von der Aschewolke gehört?"

Oh, peinlich, daran hätt' ich denken sollen.

„Was glaubst du, was wir an Reklamationen hatten?

Die ganzen weißen Briefumschläge, alles versaut mit Asche. Da mussten wir als professionelles Dienstleistungsunternehmen doch wohl reagieren, oder nicht?"

Stimmt, logisch. Dass ich da nicht gleich drauf gekommen bin, einfach nur peinlich…

Um ein wenig von meiner Scham abzulenken, frage ich aber noch „Ja, aber wie habt ihr's denn hingekriegt, so schnell 'nen Transporter zu kriegen, und dann auch noch mit dieser passenden Aufschrift? Ich meine, lohnt sich denn so 'ne Aufschrift, wenn man das Fahrzeug vielleicht nur drei Wochen braucht?"

Wieder grinst mich die Cheftaube an.

„Ja, da konnten wir einfach auf unsere Connections zurückgreifen. Schon von Stuttgart 21 gehört?

Bahnhof tiefer legen und so?

Die fahren gerade mit Hunderten von Transportern durch die Gegend, wo draufsteht: ‚Stuttgarter Tiefbauten- Wir wünschen eine gute Reise'.

Da mussten wir einfach nur ein paar Buchstaben ändern in ‚Stuttgarter Brieftauben- Wir wünschen eine gute Reise'. Und fertig.

Ja, und wenn wir den Transporter dann wirklich nicht mehr brauchen, geben wir ihn einfach an Stuttgart 21 zurück. Gut, gell?"

Ich bin baff.

„Obwohl, vielleicht geben wir den Transporter gar nicht zurück. Im Gegenteil- wir wurden gerade von den Kopfbahnhofvertretern angesprochen, ob wir nicht alle Kleintransporter von Stuttgart 21 anleihen und Brieftauben-Fahrzeuge draus machen wollen…

Das Platzen von Stuttgart 21 würde immerhin 250 Großbäume im Stuttgarter Schlosspark retten.

Mal sehen, wir sind uns da noch nicht so ganz schlüssig über das weitere Vorgehen."

Beachtlich, diese Tauben und ihre Netzwerke…

Okay, ein wenig habe ich geflunkert, wie Sie vielleicht gemerkt haben. Natürlich würde ich nie fremde Tauben an Raststätten einfach so ansprechen.

Die Wahrheit ist, ja, ich geb's zu- ich habe mich nur an den Nachbartisch gesetzt und sie belauscht.

Gaaanz unauffällig- versteht sich.

(Mai 2010)

Dreiste Tauben

Was sich Tauben
so erlauben,
das ist dreist.
Kaum bist du in einer Stadt,
wirst du umkreist.
Zwischen Hemdkragen und Nacken
ist ihr liebstes Ziel beim K....-
und das Ganze
ohne Vorwarnung zumeist.
Was sich Tauben so erlauben,
das ist dreist!

Diese Viehcher gehn dir
zu Recht auf den Geist.
Sitzt du arglos im Café,
steigen sie dir
auf die Zeh,
scharf auf alles,
was da runterfällt,
wenn du etwas verspeist-
was sich Tauben so erlauben,
das ist dreist!

Gurren arrogant herum,
sind fett und feist.
Kennen Stil nicht
und Niveau,
und Kultur
verstehen sie so,
dass kein Denkmal übrigbleibt,
auf das nicht eine sch…-
du weißt:
Was sich Tauben
so erlauben,
das ist dreist!

Doch bevor du jetzt mit Schuh'n
nach ihnen schmeißt.
Könnt'st was Klügeres
versuchen:
Gib uns Krähen
deinen Kuchen!
Weil nur das langfristig wirklich sie
in ihre Grenzen weist!
Denn
was sich Tauben
so erlauben,
das ist dreist!

Alles gut

Solang, wie se noch lache kenn,
weil annere än Sparre henn,
solang se des noch kenn, isch alles gut.
Solang se druff rumhacke kenn,
wu annere ihr Macke henn,
solang se des noch kenn, isch alles gut.

Du frochsch dich, was des wohl fa welsche sinn?
Mir ghern dezu un huggen middedrin!

Solang wie se noch schimpfe kenn,
irchendä Nas zu rimpfe henn,
egal, in welschre Läng, isch alles gut.
Solang wie se noch trample kenn,
wenn annere zu strample henn,
solang se des noch kenn, isch alles gut.

Fascht kaum än Ärcher bringt se aus de Ruh,-
beim Läschdre henn se Besseres zu duu.

Refrain

Solang se de Hals recke kenn,
wenn annre was verstecke wenn,
solang se des noch kenn, isch alles gut.
Solang wie se verhunze kenn,
was annere zu strunze hen,
solang se des noch kenn, isch alles gut.

Sie bleiwen konsequent un selbschtgerecht,
sinn guud un alle annere sinn schlecht.

Du frochsch dich, was des wohl fa welsche sinn?
Mir ghern dezu un huggen middedrin!

Refrain

Un do kann's in unserm Läwe schiffe
wie aus Kiwwle,
kannsch uns Riwwelkuche bringe
uhne Riwwle,
mir umgehen jedi Depression
im ganz große Kreis:
Wemma drumrum alles Schwarz molt,
werd aus Grau ach widder Weiß!

(Lied, Pfälzisch, März 2008)

Däm sei Trätmiehl

Jedes Mol,
wenn er sich verhaschpelt
unn in sämtliche Fettnäpfle trät,
fangt er widder a zu ahne,
wuu de Hund begrawe isch-
unn er wäß:
Jetzt bloß nix durchhechle,
unn schunn gar känn Zahn zuleche!
Schunsch kummsch nur widder
unner die Räder
vunn deinere
Trätmiehl!

(2011, St. Johann,
Mühlenführung)

Telefon-Nostalgie

Wenn früher das Telefon geklingelt hat,
hat man automatisch abgenommen.
Mit zunehmendem Alter dominiert die Angst,
beim Abnehmen
sein Fett wegzukriegen.

Dichter-Diät

Himbeersahnetorte…

... schmeckt auch ohne Worte!

Berufsrisiko Déja-vu

Beim Feierabendbier trifft der Messerwerfer den Book-on-Demand Buchsetzer in der Hafenkneipe.

„Und, wie lief's bei dir so auf der Arbeit?"

„Naja, nur Ärger. Irgendwas stimmt mit meinem Layout-Programm nicht. Meine Textblocks waren am Ende alle zu breit und zu nah am Rand."

„Kenn ich", lallt der Messerwerfer und runzelt die Stirn.

Nach elf Bier raffen sich die beiden auf und machen sich wankend auf den Heimweg entlang der Kaimauer.

Kommt so'n Typ vom Großstadtrevier, schiebt die beiden unter Protest ins Polizeiauto und steckt sie in die Ausnüchterungszelle.

„Sach mal, Hr. Wachtmeister, was sperrst du uns denn ein? Wir sind doch keine Schwerverbrecher!"

„Nee, aber ich hatte keine Lust euch demnächst aus'm Wasser zu fischen. Das kennt man ja: Ihr wart mir beide 'n bisschen zu breit und- zu nah am Rand!"

„Puh", flüstert da der Messerwerfer dem Buchsetzer ins Ohr, „Schwein gehabt! Und ich dachte schon, die hätten meine Assistentin gefunden."

(03.03.2012, Berufsrisiko Déja-Vu ist auch, kurz nach Verfassen beim Feierabend mit „Octopussy" prompt gleich von zwei „Messerwerfern" eingeholt zu werden!)

Gut gemeinter Lakritzwalzer

Du schenkst mir ein Paket
mit Weight-Watchers-Diät
und Masken zum Faltenglätten-
schön, dass du denkst,
man könnt' noch was retten!

Das ist sehr gut gemeint,
und jetzt wär's, wie mir scheint,
ein Gebot guter Manier'n
mich zu revanchier'n:

Greife ganz tief in die
Tasche hinein,
was steckt' ich da vor sechs
Monaten rein?

Refrain

Komm, ich schenke dir meine Lakritze,
die schmeckt spitze, die schmeckt spitze!
Sie ist das, was ich grade besitze
und schmeckt spitze, die Lakritze!

Schwarz wie gelackt,
sehr schön verpackt,
süßlich pikant,
Geruch? Imposant!
Dehnbar und weich,
dabei zugleich
formschön designed:
Und gut gemeint!

So, du bringst mich groß raus?
Geld, Ruhm, Wahnsinnsapplaus-
und als Start der Erfolgsschiene
nennst du mir PRO 7 Castingtermine-
das ist sehr gut gemeint,
und da wär's, wie mir scheint,
ein Gebot guter Manier'n
mich zu revanchier'n:

Greife ganz tief in die
Tasche hinein,
was steckt' ich da vor acht
Monaten rein?

Refrain

Komm, ich schenke dir meine Lakritze,
die schmeckt spitze, die schmeckt spitze!
Sie ist das, was ich grade besitze
und schmeckt spitze, die Lakritze!

Schwarz wie gelackt,
sehr schön verpackt,
süßlich pikant,
Geruch? Interessant!
Dehnbar und weich,
nacktschneckengleich
trocken verschleimt-
mäßig gereimt-

und gut gemeint!

Care-Pakete

Manchmal ist's das ganz Konkrete-
„Na, wo brennt's? Ich pack mit an!"
Einzuspringen, auszuhelfen,
wie man's eben grad kann.

Manchmal ist's Zivilcourage,
einzugreifen einfach so,
einen Schaden abzuwenden
ganz auf's eig'ne Risiko.

Manchmal reicht auch nur ein Lächeln,
ein Blick, der nicht ignoriert,
eine Sternschnuppen-Begegnung,
die dich nachhaltig berührt.

Manchmal ist es jemand, der dich,
bist du kraftlos, ein Stück trägt-
jedem auf die Finger klopft, der
heimlich deinen Ast ansägt.

Manchmal einer, der nicht nur da
rumschraubt, wo du Schwächen hast,
sondern dich zum Leuchten bringt,
weil er dein Potential erfasst.

Einer, der den Unterschied kennt
zwischen „gut gemeint" und gut,
nimmt dir nicht mit falschem Mitleid
auch noch deinen letzten Mut.

Manchmal ist's der, der dich schubst,
damit du's selbst anpackst, dein Glück.
Manchmal ist es auch ein „Nein!",
wenn's nötig ist im Augenblick.

Alles ist's wohl, was langfristig
'nen geschulten Blick verschafft
für diverse Carepaketchen
und für deine eig'ne Kraft.

(2009, zum Thema „Helfen",
Lotto-Kunstpreis)

Gehen oder Bleiben

Gehen oder bleiben,
bleiben oder gehen?
Machen Sie das für sich abhängig
vom weiteren Gescheh'n!

Bleiben Sie bei Ihrer Meinung,
bleiben Sie bei Ihrem Mann?
Wo hört das Bleiben auf,
und wo fängt das Gehen an?

Bleiben Sie bei Job und Freunden?
Bleiben Sie sich selber treu?
Gestalten Sie Ihr Leben
manchmal gern vollkommen neu?

Was ist, wenn Sie einmal aufwachen
und alles anders sehen?
Bereu'n Sie dann Ihr Bleiben
oder Ihr Gehen?

Gehen oder bleiben,
bleiben oder gehen?
Machen Sie das für sich abhängig
vom weiteren Gescheh'n!

Sind Sie jetzt auch grad nicht sicher?
Schließen Sie 'n Kompromisschen!
Denken Sie sich einfach:
Ich bleib noch'n bisschen!

Satte Leit

Du hasch kää Ahnung,
ich hab kää Zeit.
Duu mer uns zamme,
bringe mer's weit.
Unn wemmer merken,
dass so nix geht,
dann duu mer dausche!

Ich hab kää Zeit, unn
du hasch känn Dunscht,
kumm her, mir machen
ganz großi Kunscht.
Zählen uff die,
wu nix annres wenn,
außer sich an sich berausche!

Mir läwen vunn de satte Leit,
mir zählen uff die satte Leit,
's gäbbt doch noch so viel satte Leit!

Du hasch Vibrations,
ich hab die Macht,
hemmer Erfolg,
schepft kenner Verdacht.
Unn simmer dann mol
am erschte Ziel,
dann duu mer dausche.

Dann hasch du Macht
unn ich Energie,
Planlosigkeit isch
die Strategie.
Bleiwe mer dreist,
dann guckt känner hie.
Duun doch nur harmlos plausche

unn läwen vunn de satte Leit,
`s gäbbt doch noch so viel satte Leit,
mir zählen uff die satte Leit!

Es isch kää Leischdung
annre zu manipuliere,
des funktioniert vielleicht
ää Zeit lang, awwer dann
duut unsern Hunger
eier Liecherei uffspiere,
weil mer uns uff die Dauer
nit rhetorisch abspeise kann.

Ihr henn eich selbscht verar…t
unn in die Dasch geloche,
ziehn leise ab,
vermisse werd mer eich wohl kaum!
Ihr sinn schunn lang verbrennt
unn eiern Plan uffgfloche,
uff satte Leit zu hoffe,
war änn ziemlich
dabbicher Traum!

Heermol, dei Buch isch mir zu banal,
unn dei TV, des steert mich total,
unn was willsch du mit deim Ritual?
Duut mer mol lausche,
heert mer, was zwische de Zeile steht,
dass es eich um kää gudi Sach geht.

Wenn sich bei eich ää Schraub falschrum dreht,
helft ach kää Dausche.

Unn mir, mir sinn kää sadde Leit,
unn eier Gier geht mir zu weit,
nänä, mir sinn kää sadde Leit!

(Sommer 2010)

Omas Wiegenlied 1750

Taler, Taler,
du musst wandern
von der einen
Hand zur andern.

Omas Wiegenlied 2010

Demokratie
unterwandern,
überlass das
nicht den andern!

2010 wurde übrigens der
Internationale Oma-Ausschuss (IO)
gegründet, frei nach dem Motto:
No way to walk out,
no way not to care,
cause we spread our arrows everywhere!

Doppelagenten I

Mein Name ist Bond.
Euro Bond.
Ungerührt geschüttelt.

.

Doppelagenten II

Wenn Geheimdienstler
den konspirativen Schlapphut
abziehen, bleibt letztlich auch
nur ein Kasperletheater
auf Sandkastenniveau übrig.
Nur, dass im Sand vielleicht
ein paar mehr Leichen liegen.

Doppelagenten III

In welchem Mantel wird man
schnell unfreiwillig
zum Doppelagenten?
Im Mantel der Doppeldeutigkeiten!

Doppelagenten IV

Lieber HB-Männchen
als V-Frau!

Doppelagenten V

When it comes
to making deals,
nobody is asking details
of each other's
confessions.

Doppelagenten VI

Wer unterwandert wen?

Please get friends with the CIA,
cause they're running Facebook anyway.
But I see you guys are not surprised
as any spy game seems to be legalized...

Zeus und die Funken

Wie ein Ehepaar nachträglich noch berichtete, wurde es am Flughafen nicht von V-Männern abgefangen, es wurde auch keiner der Reisenden auf einem Basar vom CIA entführt, und niemand wurde von als Mitreisende getarnten BND-Mittelsmännern bei 360 Grad in der Sauna eingesperrt oder mit präparierten Hustenbonbons vergiftet.

Nein, noch nicht einmal wurde wer von chinesisch-russischen Doppelagenten in dubiose Orangenhaine verschleppt.

Es hat sich auf einer Busrundreise durch die Türkei nur Folgendes zugetragen, wie man beiläufig bei der Frage nach sonstigen Vorkommnissen noch erfährt.

An einem der ersten Abende finden sich alle zum Essen im riesigen Hotelsaal ein.

Aus irgendwelchen Lautsprechern- DJ unbekannt- schallt gerade unaufdringlich Beethovens Neunte- bekannt als „Europahymne"- „An die Freude"- ja, genau dieses „Freude schöner Götterfunken…"

Und just direkt nach „Götterfunken" bricht die Musik ab, das Licht geht aus- und für ein paar lange Sekunden sorgt ein Stromausfall für dunkle Funk(en)stille.

„Ui, ausgerechnet bei ‚Götterfunken‘“, hört man jemanden flachsen.

Kurz darauf ist laut Bericht alles wieder in Ordnung.
Nun ja, klar, Stromausfall.
Das passiert nun einmal gelegentlich.

Was sollte daran bemerkenswert sein…
außer vielleicht-

das Timing und
der Kontext.

(Februar 2012)

Neulich beim Steuerberater:
„Kann man eine vorübergehend
mitwohnende Tochter als
a u ß e r g e w ö h n l i c h e   B e l a s t u n g
geltend machen?“
„Nun ja,- ich kenne Ihre Tochter nicht...
Aber solange sie nur vorübergeht, wohl nicht.“

Doppelagenten VII

Es gab dann am Ende aller Schlachten noch zwei Mächtige, die ihr letztes Duell ausfochten.

Im Kampf gegeneinander waren beide durch das Spiel dunkler Kräfte zu immer höheren Positionen gelangt und zu entscheidenden Strippenziehern geworden.

Als sie sich nun triumphierend gegenüberstanden in der Annahme, sie hätten den jeweils größten Bösewicht vor der Lanze, stellten sie etwas Schreckliches fest:

Beide waren eigentlich auf der „redlichen" Seite und hatten sich nur als Doppelagenten auf die Seite der „anderen" begeben, um den Gegner am Ende zu überführen.

Nach dieser nun großen, menschlichen Enttäuschung und Ernüchterung betranken sie sich zum guten Schluss mit reichlich Champagner und mussten sich gegenseitig trösten für all die Energieverschwendung im lebenslangen Einsatz gegen einen vermeintlichen Gegner, der doch gar keiner war.

So kann's gehen, wenn man beim U n t e r wandern die Ü b e r sicht verliert...

Ob wohl auch der Streit mit Ihrem Nachbarn zu schlichten wäre, wenn Sie jetzt einfach mal annehmen, er sei doch eigentlich nur ein wohlgesonnener Doppelagent?

Klemmen Sie sich eine Flasche Sekt unter den Arm, flüstern Sie ihm ein konspiratives Kennwort ins Ohr und warten Sie seine Reaktion ab.

Rückmeldungen sind willkommen.

(August 2011)

Doppelagenten VIII

Ambiguitätstoleranz
kann „Gegner" ähnlich konsequent
in die Knie zwingen wie
Lactoseintoleranz.

Doppelagenten IX

As long as tectonic plates move,
no country can ever be or act
like an island!

Doppelagenten X

Every good puppetstring-player
should know that there is always
even a better puppetstring-player
above.

Glashaus

Wartest du drauf,
dass jemand Steine wirft?
Nee, tut uns leid,
das wird's nicht geben.
's bleibt fast alles, wie es ist,
nur musst du jetzt damit leben,
dass wir wissen, wer du bist,
was du wolltest,
was du plantest,
und dass dieser Weg nicht gut war,
den du dir da bahntest!

Wir stell'n dich nicht aus als
Schwarzer Mann gegen den Rest,
nein, nein, im Gegenteil,
wir halten dich
in uns'rer Mitte fest-
schön fest,
schön fest!

Rechtsempfinden
auf Schurkisch

Die Schurken wollen's rechtlich richten,
das spornt an beim Verächtlich- Dichten:

Erwägungen angesichts des dicken Briefumschlags
einer unbekannten Rechtsanwaltskanzlei

Resultiert aus Geistestrübung
eine einstweil'ge Verfügung
gegen einen Wahrheitsspruch?

Oder ist's zur Zwangsanpassung
Klage auf 'ne Unterlassung
als ein Mundtotmach-Versuch?

Menschenrecht mit Füßen treten,
alles zielt nur auf Moneten,
wie sich's dreisten Lümmeln ziemt!

Hab's bereits im Traum genossen,
dass man wen von hohen Rossen
direkt in den Kerker beamt!

Will man mich per Rechtswegsschrauben
meiner Existenz berauben,
soll ich zahlen ohne Schuld?
Dann zück' ich die letzten Lanzen
und marschier' durch die Instanzen-
niemand kriegt mich eingelullt!

Doch- 's klingt fast nach zu viel Ehre.
Wart, Briefumschlag, erst gewähre
mir 'nen Einblick, was da läuft!
Je nachdem, was in dir lauert,
wird der Kläger eingemauert
oder schlicht im Reim ersäuft.

Epilog:

Ach, nun war es doch kein Kläger,
nur ein Insolvenzenpfleger,
der mich gar nicht weiter stört,
unerhört, unerhört!
Und die Schlammschlacht vor Gericht?
Endet hiermit als
Gedicht!

(07.10.2011)

Wichtigtuer ?

Er gibt sich im
Übermaß tüchtig,
macht sich nur wichtig,
er macht sich nur wichtig.

Er ist doch wohl
übervorsichtig,
macht sich nur wichtig,
er macht sich nur wichtig.

Kennst du ihn denn?
Nein, nein, nur flüchtig.
Mach' mich nur wichtig-
ich mach' mich nur wichtig!

Sie bleibt bis zum
Traumpartner züchtig,
macht sich nur wichtig,
die macht sich nur wichtig.

Meine Frau schmollt
still eifersüchtig,
macht sich nur wichtig,
sie macht sich nur wichtig.

Die schönsten Top-
Models belicht' ich,
mach' mich nur wichtig,
ich mach' mich nur wichtig.

Manche sind auf-
merksamkeitssüchtig,
machen sich wichtig,
sie machen sich wichtig.

Von fiesen Um-
trieben bericht' ich-
mach mich nur wichtig,
ich mach mich nur wichtig.

Du schreist um „H i l-
f e"? Ich beschwicht' dich:
mach dich nicht wichtig-
na, mach dich nicht wichtig!

Auf dein Urteil?-
Danke- verzicht' ich-
ist mir nicht wichtig,
es ist mir nicht wichtig!

Aufmucken ist
anmeldepflichtig-
machst dich nur wichtig,
du machst dich nur wichtig!

Nichts als „To do"-
Listen verricht' ich-
machen sich wichtig-
die machen sich wichtig!

Komm, noch 'nen Satz
zum Ende dicht' ich-
macht sich nur wichtig,
der macht sich nur wichtig!

Sitzt denn auch die
Versfrisur richtig?
Ist doch nicht wichtig.
das ist doch nicht wichtig!

(20.01.2012)

Advanced Driver's Assistance

Hello, strange phantom drivers
of that nice global car!
Let us sit down beside you
cause the backseat's too far
to make sure, what you're doing,
what you're leading us to!
We got reason to doubt
that your goodwill is true!

Oh, oh, oh, oh,
long ago you said „goodbye"!
Oh, oh, oh, now
we say „hello" and occupy!

Hello, strange phantom drivers,
stop attemps to deceive!
Don't you set provocation
for that wars of believe-
with your challenge to fight,
well, none of us is meant to win,
'cause the first job is clear:
Convict the Wolf within!

Oh, oh, oh, oh,
long ago you said „goodbye"!
Oh, oh, oh, now
we say „hello" and occupy!

Call it Real Democracy,
call it Human Resistance,
call it Granny's phantasy-
I'd call it „Driver's Assistance"-
„Advanced Driver's Assistance"!

Wow, you've got safe big airbags,
just in case of a crash,
don't you treat us like Dummies
who get smashed at one dash,
cause the sound of the engine
keeps on drowning our voice,
and just close lobby whispers
seem to make your choice!

Oh, oh, oh, oh,
long ago you said „goodbye"!
Oh, oh, oh, now
we say „hello" and occupy!

Call it 99 percent,
call it Human resistance,
call it campers in a tent-
or setters of a trend-
I'd call it driver's assistance-
Advanced Driver's Assistance!

(vgl. youtube-Video von martinasong Oktober 2011; blame „Blame Sally's" remarks on the difficulty of car-driving at night in the Südpfalz between Bad Bergzabern and Kapsweyer, when they „bridged-over" a concert-interruption cause of a torn guitar-string!)

Wolfsfährten

Nenne mir nicht die Namen,
nenne mir die Strategie.
Dann komme ich
auf die Namen
von selbst.

Größenwahn

Was ist die größte Gefahr
beim Bekämpfen von
Größenwahn?

Selbst in Größenwahn zu verfallen.

Eins auf den Deckel zu kriegen-
gleich
an zweiter Stelle.

Nachplappern

Wenn ich als Kind in der Schule
von meinem Lehrer lerne,
dass eins und eins zwei ist-
und wenn ich das dann später
selbst auch immer wieder behaupte-
dann liegt das nicht daran,
dass ich etwas „nachplappere",
sondern daran,
dass ich das Prinzip
verstanden habe,
und mir die kleine Rechnung
im Großen und Ganzen
doch sehr plausibel erscheint.

(Jan./Feb. 2011)

Messegelände

Waren Sie schon mal spazier'n
auf'm Messegelände?
Nun- nicht grade zur Stoßzeit
und beim Sturm auf alle Stände-
nein, mehr früh so am Morgen
gegen sieben oder acht,
wenn die Hälfte der Zielgruppe
grade erst erwacht.

(Januar, 2009)

Leider ist dieses Video in Deutschland nicht verfügbar, da es Musik enthalten könnte, für die die GEMMAR die erforderlichen Musikrechte nicht aufgeräumt hat. Das tut uns leid.

Bei einer Messe wurden mir versehentlich mal die Standunterlagen der GEMA ausgehändigt. What a mess! Schade, ich habe sie, als ich es kurz darauf bemerkte, brav gleich wieder zurückgegeben. Das tut mir leid.
Immerhin wäre es bestimmt lustig gewesen, sie mal eine Weile zu behalten.

Urheberrechtsverletzung
„from the distance"

Du hast,
was ich dir
eingab,
werbewirksam
ausposaunt,
und gestern warst du
wegen meines Wetters
schlecht gelaunt,
und hast
genau dadurch
Ereignisse
in Gang gesetzt-
du hast mein
Ur-
heber-
recht
verletzt!
Du hast mein
Ur-
heber-
recht
verletzt!

(Februar 2012)

Extremitäten

Am Mittelmeerstrand Füße verbrannt im zu heißen Sand...
Der Sand dieser Kindheitsurlaubsszene war so heiß, dass offenbar meine Sensoren durcheinander kamen und ich gleichzeitig eine schmerzhafte Eiseskälte verspürte.

Viel später lernte ich vom Tatortpathologen, dass der Körper bei Extremtemperaturen tatsächlich ins Spinnen geraten kann; so dass sich umgekehrt ein Kühlhauserfrierender schon mal wegen Hitzeempfindungen die Kleider vom Leib reißen kann. Nun ja. Jetzt nicht ausprobieren, bitte!

Aber so ist es wohl mit jeder Art von Extremismus- er verwirrt, macht taub und tut einfach nur weh. Und Extremisten vertreten das, was sie vorgeben „am extremsten" zu vertreten, immer am wenigsten, stattdessen sind sie nur verwirrtheitstaub und umso dominanzbesessener. Viele sehen da neben Ideologien auch ein Problem in der Existenz von Religionen. Ich wage hier aber ganz reimfrei mal die These, das Problem ist nicht ein Glaube an sich, sondern das Problem fängt dann an, wenn ein Glaube von zu wenig natürlichen Zweifeln und von zu viel Selbstgerechtigkeit und Pseudoverteidigungsbeißreflexen begleitet ist.

Und um dieser Kombination auf den Leim zu gehen, muss man nicht einmal irgendeiner Konfession angehören. Manche leben ihren Atheismus im gleichen Modus. Es geht doch immer damit los, dass man schleichend anfängt, humanistische Grundsätze und Respekt vor der Menschenwürde anderer irgendwelchen angeblichen Systemfunktionalitäten unterzuordnen.

Don Quichotte auf Reset

Na, komm her,
jetzt mach mal flott,
Don Quichotte,
deine Riesen
haben sich zwar nur als
Windmühlen erwiesen,
aber die drehen sich ja
auch nicht grad' zu
unser aller Glück.
Also zück
noch einmal die letzte Lanze,
aber diesmal: Geh aufs Ganze!
Bloß kein Schnellschuss
oder Kurzschluss,
und ziel nicht nur auf die Flügel!
Schwing dich emsig in die Bügel
deiner alten Rosinante,
aber halte sie „Andante".
Das heißt: Zügel deine Panik!
Ziel konkret auf jene
Windmühlenmechanik
innen drin.

Denn der Sinn

steht uns nicht nur nach

Behandlung von Symptomen-

das wär' nur 'n schlechtes Omen.

Nein, uns geht es um die Fädchen,

um die vielen kleinen Rädchen

im Getriebe.

Streu mit Liebe

jetzt mal schnell 'n bisschen Sand rein!

Du musst penetrant sein,

weil es sonst nicht klappt,

weil die Mühle sonst nur klappert

wie gehabt!

(Februar 2012)

Fernweh

Zieht's dich an wilde Flüsse
oder ans blaue Meer?
Lockt dich das Ungewisse,
jagst du Werwölfen hinterher?
Planst du den Tauchgang auf Loch Ness
oder im Lächeln einer Stewardess?

Gehst du mit Mata Hari
als Fata Morgana
auf Sahara-Safari,
wo vorher noch nie jemand war?
Und spielst dann Bridge
mit Beduinen
zwischen Wanderdünen...

Mich zieht es
weit, weit weg,
wohin das Fernweh mich treibt.

Weit, weit weg,
wo von dem Treiben hier
nichts übrigbleibt.

(Sommer 2011)

Ich bleib noch'n bisschen

Ich bleib
noch'n bisschen,
nein, ich will noch nicht gehen.
Noch'n bisschen hier sitzen
und dem Abend zusehen,
wie er sich voll Vertrauen
dieser Nacht übergibt,
und 'ne helle, runde Scheibe
sich ins Sternenmeer schiebt.

Ich bleib
noch'n bisschen,
nein, ich will noch nicht gehen.
Noch'n bisschen hier sitzen,
wo die Winde sich drehen,
wo das Schilf an den Ufern
leise raschelnd sich wiegt,
und wer hinhört
'ne wohlige Gänsehaut kriegt.

Direkt vor mir am Boden
liegt ein Prachtkerl von Stein.
Er kriecht mir in die Finger,
und dann taucht er hinein
in das Wasser, und wie ich ihn
seine Kreise ziehen seh',
denk' ich, das möcht' ich können,
wenn ich mal geh'.
Doch ich bleib
noch'n bisschen.

Der Clou für das Ende

Es stehen vom Haus
schon die vier Wände-
jetzt fehlt uns noch der
Clou für das Ende.

Sein Drama füllt nun
schon zwanzig Bände,
denn noch fehlt ihm der
Clou für das Ende.

Gerät mancher auch
früh zur Legende,
folgt nicht zwingend ein
Clou für sein Ende.

Wie gern wickelt sie
Wundenverbände,
doch oft fehlt ihr der
Clou für das Ende.

Sie schafften mit viel
Mühe die Wende,
jetzt harren sie dem
Clou für das Ende.

Er kniff kurzerhand
in Adams Lende
und schuf schließlich den
Clou für das Ende.

Wenn ich dir jetzt 'ne
Flaschenpost sende,
machst du dann mit beim
Clou für das Ende?

Widerworte
für Zyniker

Lüge und Wahrheit
sind wie Hase und Igel.
Die Lüge wähnt sich
im Vorsprung.
Aber die Wahrheit
sitzt leise lächelnd
in der Ackerfurche
und ruft
„Ich bin schon da!"

(Februar 2012)

Ende

Armin Hott

ist freischaffender Künstler und Illustrator.
Er wurde 1960 in Landau geboren und
studierte Kunsterziehung in Mainz.
Seit 1982 betreibt er in Kandel ein Atelier
mit Galerie und Druckwerkstatt.
Immer wieder bestückt er Ausstellungen und
entwickelte seinen charakteristischen gewitzt
hintergründigen Stil schwerpunktmäßig im
Bereich Radierungen, Tuschezeichnungen
und Buchillustrationen.
www.armin-hott.de

Martina Gemmar

ist Diplom-Pädagogin und seit 2008 auch
freiberufliche Texterin und Liedermacherin.
Sie wurde 1974 in Bad Bergzabern geboren,
lebte 8 Jahre im Puppenkisten-Domizil
Augsburg und veröffentlichte bereits 3 CDs.
Ihre Lieder stehen unter dem Motto
"Musikalische VersAbdrücke mit Poesie, Verstand
und Humor". Auftritte gibt es solo und im Duo
mit Programmen oder anlassgemäß mit
ausgewählten Auszügen.
www.martina-gemmar.de

PS-Anmerkungen

Im Boot auf Loch Ness & Auf Grund:
2012 war kein ruhmreiches Jahr für Kreuzfahrtschiffe,
schon gar nicht im Umgang mit Fischerbooten.

Wolfsfährten:
Armer Westerwälder Wolf!

Omas Wiegenlied:
Danke für die Solidarität in Sachen
Granny's European Café Project!

Advanced Driver's Assistance:
2012 begeht die Demokratie-Wiege-Oma 180 Jahre Hambacher
Fest; was die Demokratie da wohl auf die Waage bringt?

Wichtigtuer:
Unter fanatischen Christen in den USA gibt es
Tochter-Vater-Vorehekeuschheitsverträge- unterirdisch!

BeerdigungsBlogs:
Eine Internetöffentlichkeit kann lebensrettend sein-
auch Klarnamen führen nicht zwingend zu Beerdigungen.

Apfelsolo:
Dieses Jahr blüht der Apfelbaum.
Unglaublich, was man durch Öffentlichkeit alles erreichen kann.

Textverzeichnis